문학과지성 시인선 316

푸른 밤의 여로

김영남 시집

문학과지성사

문학과지성사에서 펴낸 김영남의 시집

가을 파로호(2011)

문학과지성 시인선 316
푸른 밤의 여로

초판 1쇄 발행 2006년 4월 21일
초판 7쇄 발행 2023년 2월 13일

지 은 이 김영남
펴 낸 이 이광호
펴 낸 곳 ㈜문학과지성사
등록번호 제1993-000098호
주   소 04034 서울 마포구 잔다리로7길 18(서교동 377-20)
전   화 02)338-7224
팩   스 02)323-4180(편집) 02)338-7221(영업)
전자우편 moonji@moonji.com
홈페이지 www.moonji.com

ISBN 89-320-1694-1 02810

문학과지성 시인선 316

푸른 밤의 여로

김영남

2006

시인의 말

　나는 그동안 첫번째 시집인 『정동진역』에서는 시의 소
재를 유쾌하고 박력 있게, 두번째 시집인 『모슬포 사랑』
에서는 아름답고 향기롭게 형상화해보려고 애를 썼지 않
나 싶다.

　이제 세번째 시집을 내보낸다. 이번 시집에서는 어린
시절과 고향의 풍광·풍물들에 종전보다 좀더 많은 관심
을 한번 가져보았다. 그리고 보니 나의 시는 '정동진'에서
시작해 제주도 '모슬포'까지 내려갔다가 다시 고향 땅인
'정남진'(장흥)으로 귀향하는 시의 행로도 갖게 된 것 같
다. 우연치고는 참 묘한 우연이다.

2006년 4월
김영남

푸른 밤의 여로

차례

시인의 말

개울가 눈 오는 풍경

느티나무 집
부엌 아궁이에서 불 지피던 아낙이
우는 아이 달래러 방에 들어갔군요.

느티나무 지붕 굴뚝에서
긴 손이 포근하게 나오는 걸 보니

그 손 또 높은 곳으로 올라가
아직 태어나지 않은 나라 아이들
기저귀까지 갈아주고 있는 걸 보니

이윽고 온 하늘 메우는
저 향기로운 파우더, 파우더……

예쁜 개울 토닥이다가 아낙도
함께 잠들었군요.

저 벚꽃의 그리움으로

벚꽃 소리 없이 피어
몸이 몹시 시끄러운 이런 봄날에는
문 닫아걸고 아침도 안 먹고 누워 있겠네.

한 그리움이 더 큰 그리움을 낳게 되고⋯⋯
그런 그리움을 누워서 낳아보고 앉아서 낳아보다가
마침내는 울어버리겠네, 소식 끊어진 H를 생각하며
그러다가 오늘의 그리움을 어제의 그리움으로 바꾸
어보고
어제의 그리움을 땅이 일어나도록 꺼내겠네, 저 벚
꽃처럼.

아름답게 꺼낼 수 없다면
머리를 쥐어뜯어 꽃잎처럼 바람에 흩뿌리겠네.
뿌리다가 창가로 보내겠네.

꽃이 소리 없이 사라질까 봐
세상이 몹시 성가신 이런 봄날에는

냉장고라도 보듬고 난 그녀에게 편지를 쓰겠네.
저 벚꽃의 그리움으로.

푸른 밤의 여로
──강진에서 마량까지

둥글다는 건 슬픈 거야. 슬퍼서 둥글어지기도 하지만 저 보름달을 한번 품어보아라. 품고서 가을 한가운데 서봐라.

푸른 밤을 푸르게 가야 한다는 건 또 얼마나 슬픈 거고 내가 나를 아름답게 잠재워야 하는 모습이냐. 그동안 난 이런 밤의 옥수수 잎도, 옥수수 잎에 붙어 우는 한 마리의 풀벌레도 되지 못했구나. 여기에서 나는 어머니를 매단 저 둥근 사상과 함께 강진의 밤을 걷는다. 강진을 떠나 칠량을 거쳐 코스모스와 만조의 밤안개를 데리고 걷는다. '무진기행'은 칠량의 전망대에 맡겨두고 부질없는 내 시와 담뱃불만 데리고 걷는다. 걷다가 도요지 대구에서 추억의 손을 꺼내 보름달 같은 청자 항아릴 하나 빚어 누구의 뜨락에 놓고, 나는 박처럼 푸른 눈을 욕심껏 떠본다.

구두가 미리 알고 걸음을 멈추는 곳, 여긴 푸른 밤의 끝인 마량이야. 이곳에 이르니 그리움이 죽고 달도

반쪽으로 죽는구나. 포구는 역시 슬픈 반달이야. 그러
나 정말 둥근 것은 바로 여기에서부터 출발하는 거고
내 고향도 바로 여기 부근이야.

* 무진기행: 안개 묘사가 환상적인 김승옥의 소설.
** 대구: 전라남도 강진군에 있는 우리나라 최대의 고려청자 도
요지.

가을밤이 되면

달, 저 달을
싸리울에 묶어본다.
허름한 말뚝에 매어본다.

그러면 달은 짖는다.
짖어 푸른 밤이 된다.

나는
푸른 밤 속으로 들어간다.
들어가 묶어둔 달을 풀어준다.

달은
깻단 이고 오는 어머니를 따라온다.
살랑살랑 꼬리 치며 삽살개도 따라온다.

이번에 달 대신 개를 묶어본다.

달은 어느새 동산 위로 올라가고

개는 기둥 주위를 맴돌며 밥그릇의 달빛을 핥는다
마치 동료처럼.

그러면 지붕 위에는 외삼촌 닮은 얼굴 하나
백자 항아리 술병을 허리에 차고 웃어오고
어디에선가는 위험 신호의 호루라기 소리들.
그 소리에 이어 푸른 바닷물 밀려오는 소리들.

이내 나는 허우적거릴 것 같아
허우적거리다가 지붕과 함께 잠겨버릴 것 같아
익사 직전의 구조 요청을 누군가에게 하게 되고

달, 저 달은 날 가둔다. 바다 한가운데 가두고
고백하라, 반성하라 고문을 해온다.

'아줌마'라는 말은

일단 무겁고 뚱뚱하게 들린다.
아무 옷이나 색깔이 잘 어울리고
치마에 밥풀이 묻어 있어도 어색하지 않다.

그래서 젊은 여자들은 낯설어 하지만
골목에서 아이들이 '아줌마' 하고 부르면
낯익은 얼굴이 뒤돌아본다. 그런 얼굴들이
매일매일 시장, 식당, 미장원에서 부산히 움직이다가
어두워지면 집으로 돌아가 저녁을 짓는다.

그렇다고 그 얼굴들을 함부로 다루면 안 된다.
함부로 다루면 요즘에는 집을 팽 나가버린다.
나갔다 하면 언제 터질 줄 모르는 폭탄이 된다.
유도탄처럼 자유롭게 날아다니진 못하겠지만
뭉툭한 모습을 하고도 터지면 엄청난 파괴력을 갖
는다.
이웃 아저씨도 그걸 드럼통으로 여기고 두드렸다가
집이 완전히 날아가버린 적 있다.

우리 집에서도 아버지가 고렇게 두드린 적 있다.

그러나 우리 집에서는 한 번도 터지지 않았다.

아무리 두들겨도 이 세상까지 모두 흡수해버리는

포용력 큰 불발탄이었다, 나의 어머니는.

예쁜 가슴이 장독대에 숨어 있다

장독대 나무 잎새들이
홍옥 두 개를
숨겼다 드러냈다 한다.
드러냈다가도
쳐다보면 또 금세 감추어버린다.

이 광경 목격한 해바라기
고갤 떨구고 못내 부끄러워한다.
수그린 얼굴 들지 못하고
옆으로만 살래살래 흔든다.
나도 그 자리에다가
옷고름 푼 구름을 당겨놓고
황홀해 한다.

입동 무렵

내 시선 가로지르며

감잎 하나
툭! 지자
하늘엔 어느새
파란 불이 들어온다.

그러면 동구 밖 쪽 처마 끝에선 또
시래기 다발이 흔들리고
그 밑 마당 어귀에서
동네 아주머니들 모여 김장을 한다,
시뻘건 배추 잎을 쭉쭉 찢어 서로의 얼굴에다 건네며.

이런 날
저 하늘가에 저녁 기러기 뜨면
고향에선 지금쯤
시래깃국을 가마솥에다 끓였겠다.

눈이 내리면 총체적으로 불행하다

와, 눈이다 눈! 눈이 창을 가득 메우니
갑자기 따뜻해진다. 눈은 가볍게 살아
사각의 창을 자유롭게 한다. 나는 이 창을
친구에게 이메일로 부칠 수 있어서 행복하다.

이런 날 눈은 창을 넘고 산을 넘어
동서남북 저 아득한 곳까지 내린다.
산골 마을에 내리고, 제주도에 내리고, 아메리카에
도 내린다.
눈 감고 죽어라고 죽어라고 내리다가
팽이를 돌리고, 배를 띄우고, 비행기를 이륙시킨다.
그러다가 크리스마스 카드로 되돌아오며
눈은 잠시 멎는다.

눈을 밟자, 이럴 때
멎은 눈을 밟으면 볼이 달아오르고 길까지 행복해
진다.
행복한 길들은 밟으면 뽀드득 소리가 나고 모두 아

름다운 흔적을 갖는다.

그러나 지나치게 밟으면 미끄러진다, 행복도.

그대여, 눈을 밟자 더 아프게 미끄러지기 전에.

우——와, 다시 눈이다 눈!

분분한 눈이 창을 또 한 번 메우니

이번에 나는 불행해진다. 눈은 분분하게 다투면서

내 앞 창을 자유롭게 하지만 내 책상은 자유롭게 하지 못해

불행해진다. 다투니까 자유로워지고 다투지 않으니까 간히는

이 답답한 세상 때문에 다시 한 번 불행해진다.

그리하여 오늘은 총체적으로 불행이다, 창도 세상도 나도.

눈은 어둠을 켜면서까지 계속 불행하게 불행하게 내린다.

진보와 보수 사이에 해오라기가 앉는다

진보적으로 살까, 보수적으로 살까

금산 수통리 적벽강까지 한 사람을 데리고 와 걱정

하는 내겐

저 절벽은 진보다.

절벽 위에 재작년까지 보이지 않던 해오라기가 떼로

날아왔고

맞은편에는 작년에 없던 2차선 도로를 힘차게 뚫고

있으므로……

진보적인 여자와 텐트를 쳐볼까, 보수적인 여자와

물놀이를 해볼까

텐트를 치며, 물수제비를 뜨며 계속 고민하는 나의

여름휴가.

이럴 땐 한번 물어보는 거다, 저 흔들리는 미루나무

에게

가지의 모든 이파리까지 뒤집어

바람이 불 때마다 시스템적으로 사고하고 있으므

로……

뒤집어 사고해도 한결같은 목소리이므로……

이렇게 저렇게 고민하는 사이
해오라기 한 마리가 날아와 미루나무 꼭대기에 앉
는다.

보라, 저 미루나무 꼭짓점을
저건 진보와 보수의 교묘한 절충이다.
내 고민의 정반합이다.
아니다, 저건 야합이다.
금세 날아가버릴 새하얀 금언(金言)이다!

까막섬에 만조가 되니

바다가 참 조용하다.

조용함으로
너무 팽팽하다
그 팽팽함을 견디지 못해
이내 숭어가 뛴다.
한 마리가 아니라 여러 마리가 뛴다.

멀리 배라도 띄워
바람을 좀 빼야겠다.

저녁 무렵에야 쭈글쭈글해지겠다.
부드러운 바닥도 드러나겠다.

두 달째 한사리인 나의 상관에겐
저걸 끌어다 쓰면 되겠다.

연륙교 위 만취한 얼굴인

예 보름달도 앞세우면 쓰겠다.

마량항 분홍 풍선

골목이 시작되고, 골목 옆구리
파도 출렁대는 곳에 환한 창이 있다.
그 창에선 초저녁부터 김칫국 냄새가 번지고
가끔 웃음소리도 들리곤 한다. 그런데 빠져나온
웃음소리 하나가 창을 부풀게 한다.
자꾸만 부푸는 게 커다란 분홍 풍선이다.
쪼그리고 앉아 그 풍선 잡고 있으니 내가 질질 끌려
간다.
끌려가 감나무에 걸려 대롱대다
바다에 빠져 죽을 것 같아 안간힘으로 버티어본다.
그러자, 갑자기 내 어머니가 나타나고 쓸쓸한 우리
집 식탁이 보인다.
식탁 너머로 내 이른 귀가를 기도해주던 상도교회
구역장님이 지나가고
복슬 강아지, 검은 고양이, 군고구마 아저씨도 지
나가고……
지나가지 않아야 할 것들도 지나가고 있어
난 잡고 있던 풍선을 그만 놓아버린다.

에구머니나, 분홍 풍선이란
잠자던 것들까지 깨워 띄우는 신기한 기구.
허름한 유리창에선 더욱 높게 빛나는 밤하늘의 별.
찬 바람 불면 더욱 슬프게 펄럭이는 어선의 깃발.

난 그 풍선을 잡고 먼 나라로 가고 싶다.
항구란 배만 타는 곳이 아니라 그런 풍선을 잡고
더 따뜻하고 아늑한 나라로 출발하는 곳임을,
풍선에 바람이 빠져버리면
예서부터 흔들리는 귀환이 시작되는 곳임을
배운다, 마량항 부둣가에 고동처럼 붙어서.

검정 고무줄에는

내복의 검정 고무줄을
잡아당겨본 사람이면 알 겁니다
고무줄에는 고무줄 이상이 들어 있다는 것을
　그 이상의 무얼 끌어안은 손, 어머니가 존재한다는
것을

　그것으로
무엇을 묶어본 사람이면 또 알 겁니다
어머니란 늘어났다 줄어들었다 한다는 것을
　그래야 사람도 단단히 붙들어 맬 수 있다는 것을
　훌륭한 어머니일수록 그런 신축성을 오래오래 간직
한다는 것을

　그러나 그 고무줄과 함께
　어려운 시절을 살아보지 않은 사람은 잘 모를 겁니다
　어머니란 리어카 바퀴처럼 둥근 모습으로도 존재한
다는 것을
　그 둥근 등을 굴려 우리들을 큰 세상으로 실어낸다

는 것을

　이 지상 모든 고무줄을 비교해본 사람이면 알 겁니다
　세상에서 제일 훌륭한 고무줄이 나의 어머니라는
것을

고년! 하면서 비가 내린다

비가 내린다, 비가
떠난 그녀가 좋아하던 봄비가 내린다.
삼각지에 내리고, 노량진에 내리고, 내 창에도 내
린다.

내 창에 내리는 비는 지금
고년! 미운 년! 몹쓸 년! 하면서 내린다.
머리끄덩이를 잡고 끌면서…… 길게 내린다.
비가 욕을 하면서 저렇게 내리는 것은
또 처음 본다.

비가 내린다 비가
을랑이 엄마, 내 유리창에만 유독 저주스럽게 내리
는 이유를 아느냐?
모른다면 아는 척이라도 하며 저 내리는 비에게 박
수를 쳐라.
박수 칠 기분이 아니라면 커튼이라도 좀 쳐라.
비가 내린다 비가.

불 켜고 있기에 좋은 비가 내린다.

내소사에서 사온 촛불에 내리고, 모항 '호랑가시나무 찻집'에 내린다.

이제 비는 더 이상 내리지 않고
내 가슴속에서만 내린다.
피딱지를 뜯었다 붙였다 하면서 내린다.
재즈 음악으로도 다스리지 못할 비······
아니 재즈풍에 어울리는,
그녀가 몸을 흔들면서 내린다.
길게 신음하면서 내린다.

나의 실존주의가 없다

'아버지'란 이름으로 나는 밀린 잠을 못 자고 일찍 일어나야 한다. 앞집 마로니에 잎의 아침을 좁은 식탁에 초대해놓고 쌀을 씻어야 한다. 밖으로 나가 토끼집의 안부를 묻고 들어오면서 현관의 신발들을 가지런히 통솔해야 한다. 그러곤 아내의 출근을 돕는다.

아버지, 더 정확히 언급하면 '을랑'이, '해랑'이 아버지란 이름으로 난 아이들이 요구하는 용돈을 찍소리 못하고 꺼낸다. 금액을 초과해 꺼내면서 PC방과 온라인 게임의 비생산성을 걱정한다. 그들 아버지의 건강을 생각하면서 날콩 한 줌을 씹어 먹고 출근을 서두른다. 기죽지 않으려고 업무 규정을 더 열심히 들여다보고, 불쾌한 전화에도 친절하게 응대한다.

난 앞집의 앞집 아이들 아버지인 김봉남 회장과 구별되는 이름이 되기 위해 퇴근 후 막걸리를 한번 거나하게 마셔본다. 신호등과 횡단보도를 경멸했다가 지나가는 택시들에게 큰절을 빼앗긴다. LG 편의점에 들

러 찌개용 두부, 멸치, 참치를 봉지에 넉넉하게 가둔
다. 골목을 돌면서 대리석 벽을 발로 한번 뻥 차보고,
거세게 반발하는 것들에게는 가래침으로 대응한다.

　　그러나 매일매일 상도동 7–41번지 대문을 여는 순
간! 우리 집에는 아버지만 있고, 어머니가 없다. 가사
를 대충 돌보는 푸줏간 뚱뚱보 아줌마만 있고, 아이들
어머니가 없다. 세상 걱정 없이 잠을 즐기는 '김' 회장
사모님만 있고, 나의 여자가 없다. 아! 꿈꾸는 나의
집이 없다. 나의 파랑새도 나의 실존주의도 죄다 날아
가고 없다.

상강 무렵

기러기 지나가려 하니
쓸쓸하지 가을 하늘아?

난 예 논두렁에서
너처럼 저물 순 없겠다.

순이 고무신 속 들국화를 보겠구나.
꽃 주위 붕붕거리는 멍청이 꿀벌과
저 방죽 위 억새꽃으로

난 어딜 좀 다녀와야겠다.

보림사 참빗

먼 보림사 범종 소리 속에
가지산 계곡 솔새가 살고,
그 계곡 대숲의 적막함이 있다.
9월 저녁 햇살도 비스듬하게 세운.

난 이 범종 소리를 만날 때마다
이곳에서 참빗을 꺼내
엉클어진 내 생각을 빗곤 한다.

밖, 그 잠든 풍경에 동참하고 싶다

달과 지붕이
서로
바라만 보다가

어느 날
그걸 안쓰럽게 여긴
한 할머니 중매로 널 낳았단다.

그예 널 돌보느라고
나팔꽃 사다리도
저렇게 정성스럽게 놓았단다.

이 푸른 밤,
싸리울 고추잠자리가
네 평화(平和)까지 돕는 밤

젖을 문 네 여린 손과 함께
아빠의 얼굴을 만지면서

나도 너처럼 잠들고 싶구나.

풀벌레들 울음이 짜오는 이 비단 천을 덮고

푸르고 푸른 꿈을

신라의 어느 성군 시절(聖君時節)까지 꾸고 싶구나.

징검다리의 노래

애들아 들어보렴, 저 소리를.
난 너희들에게 개울을 선사하겠다.
살얼음 낀 저 물소리를.

너희들이
발목 시리게 적시며 세상 건널 일 있을 때
그땐 알게 되리라. 이런 카랑카랑한 목소리란
한겨울 추위에도 결코 기죽지 않고 하늘을 호령하는
고구려의 기백이란 것을. 고구려 기백이란 옛날에
만 있지 않고
언 대지 깨우며 어디론가 행진하고 있는 오늘의 정
신이란 것을.
그 걸음 멈출 수 없어 운동화 벗어 잠시 햇볕에 말
리고 있는 게
저 살얼음이라는 것을.

그러나 너흰 개울 건너 세상에 나아가려 할 때
찬물에 발목 아프게 적시는 일이란 없으리라.

너희 위해 징검다리 될 테니 날 짚고 건너뛰어라.

네 건너뛰는 모습으로
난 더 맑은 목소리의 개울이 되겠구나.

말뚝 위의 거대한 망치

가을 하늘 아래 과수원에 세운 말뚝이란
'그래 바로 여기야, 이런 곳에서 우리도 저처
럼……'
하는 사람들 감탄사 모양이다. 그런 감탄사를 곁에
두면
쓰러진 울타리가 다시 일어날 수 있겠고,
바람에 날아가는 빨래도
하얀 생명을 온전하게 건질 수 있겠다.
발정 난 염소가 거기에 줄이 묶인다면
왔다 갔다 하던 흥분도 둥그렇게 삭이겠다.

흥분을 잘 삭이지 못했던 동네 아저씨가
그런 감탄사를 뽑아 아예 휴대용 감탄사로
사용한 적 있다. 그러나 그 아저씨는 결국
휴대용 감탄사를 지나치게 남발하다 또 다른 감탄사
에 맞아 쓰러졌다.
쓰러진 곳 웅성웅성하고 있는 것들 곁에 다가가 보면
쓰러진 것들을 놓고 서로 다른 감탄사 때문에 싸운다.

그러다가 그걸 탱크처럼 서로 수평으로 겨누게 되면
정말 큰일을 일으키게 된다.

고추잠자리 한 마리가 과수원 울타리를 지나
집 마당을 지나 텃밭 해바라기 위에 앉는다.
흔들리는 감탄사 위에서도 고추잠자리는 저렇게 잠
을 잘 잔다.
그러나 나는 그 풍경으로 인해 평화롭지 못하고 벌
떡 일어난다.
일어나 능금나무 아래를 불안하게 서성이다가 선다,
말뚝처럼.

그래, 푸른 하늘 아래 문득 세워보는 말뚝!
가을 하늘은 불안한 나도 불안하지 않게 말뚝 박는
거대한 망치다.
지금 내 머리도 푸른 하늘에 얻어맞아 멍멍하다.

가을 호수는 무엇이든지 보면 유혹한다

옷을 벗었다, 하늘이

완전 누드다

와! 황홀하다

가을에는

하늘도

저렇게 가끔

호수에서

옷을 벗고, 입는다

코스모스가 피어 있는 길

하얀 꽃들이 내 오른쪽을, 빨간 꽃들이 내 왼쪽을
응원한다. 분홍 꽃들은 앞과 뒤를 분홍으로 응원한다.
이들은 바람이 불면 고개를 흔들면서 서로를 응원
한다.
응원하다가 이내 바람개비처럼 돈다, 오색으로.

그 부력에 이 지상 모든 아름다운 것들이 붕 뜬다.
나는 그걸 뒤에 붙이고 뻗은 길을 한없이 달려본다.
청군인 내가 백군 대표인 '순'이와 손잡고 달려본다.
수평선 끝 푸른 하늘이 구부러진 곳까지 달려본다.

그 끝에서 부력을 떼고 다시 출발선을 뒤돌아보면
할머니, 어머니, 풍선장수, 해남 아저씨, 바지게,
복슬 강아지
고향 운동회 한구석이 박수를 치며 일어선다.

수선화가 오늘의 부실을 던져온다

배 불룩 튀어나온 사람을 마주치면
어쩐지 그 사람 전체가 부실해 보인다. 그런
사람이 책가방 들고 있으면 학문이 부실해 보이고,
교문을 들어가면 그 대학도 부실해 보인다.

여자 한 명이 '안녕하세요' 하며 따라붙는다.
그러자 그 인사가 영 부실해 보이고, 그녀의
체크무늬 치마도, 우산도 부실해 보인다.
내 오늘 시선에는 왜 이렇게 부실한 것 천지냐.
지금 공중에서 새는 이 빗물, 하늘도 부실하다는 뜻
이냐.

아니다, 이것은 내 상상력의 과민반응이고, 부실은
하늘 아래 존재한다. 스스로 생각하는 것들에 존재
하고
고민하며 걸어 다니는 것들의 세상의 문학에도 존재
한다.
그래, 난 우리 집 부실을 생각하면서 회사에 일찍

출근을 했고

옛 추억의 부실을 후회하면서 그녀에게 편지도 준비
한다.

화단에 갓 핀 수선화 한 송이, 오늘의 부실을 깨우
치고 있다.

청명에 뜬 무지개

삽살개 마중 나온 싸리문 넘어 대청마루에 앉아
갓 따온 상추, 쑥갓, 고추장에 정오를 차려주고
논길 걸으며 걸으며
저 들녘과 대화를 나누고 싶네.
조용히 오늘날에서 떠나고 싶네.
탱자를 닮은 순희,
개구리 울음처럼 찬란했던 동네 아이들,
'이놈 오줌싸개' 하며 다섯 살 내게 소금을 퍼붓던
수남 아줌마,
그 얼굴들을
삘기 돋은 언덕 위 무지개로 띄워놓고
부엌 거미줄에 걸려 있던 아낙들 웃음은
골목의 돌담으로 쌓아
나의 옛날에 사과나무를 심고 싶네.

창문 넘어오는 벚꽃 그림자가
또 다른 나를 한없이 탄생케 하는 이 청명(淸明)에는.

저 탱자울이 내 귀를 잡아당긴다

어릴 적
푸른 녹이 잠든 못 그릇통을
누가 저리 사납게 엎질러 놓았을까?

그런 시간대 속으로 되새 떼라도 스치면

나는 순이의 하얀 머리핀을 훔쳐
순이의 친구,
그 친구의 동생들에게까지 나누어 주고
손가락 약속도 나누어 주고……

닭들 알 낳는 소리
어머니 빨래 터는 소리를
마늘밭이 딸린 곳간 오른편으로
듣는다. 듣다가
당숙한테 귀를 붙잡힌다.

분토리 옛 돌담

그곳에는

줄어들지 않은 고요를
둥그렇게 쌓아놓고
비둘기 울음도 잿빛으로
허물어지지 않게 쌓아놓고
따사로운 봄 햇빛을
도랑물처럼 그 사이로 흐르게 하고
권태로우면
꿩 소리에 맞춰 담장 밑 풀포기들도
뭉텅뭉텅 자라게 하고

그곳 돌담은

한사코 그런 옛날만 고집하다가
쓸쓸함으로 한 번 더 허물어지게 되고
그예 내 추억의 발등은 또
아프게

까무러치도록 깨지게 되고……

영산홍 쓰다듬으며 제암산 호랑이를 잡는다

그대여, 호랑이 키울 일 있거든 내게로 오라.

세상으로 호랑이 몰고 갈 일 있거든 지금 빨리 오라.

난 한국산 호랑이, 그대에겐 아무르산 호랑이 잡아
주겠다.

야생은 포악해 내 조련해서 잡아주겠다.

지혜롭고 익살스런 것 한 마리도 묶어주겠다.

호랑이는 깊은 산속에만 있는 게 아니다. 네게도 있
고,

내 맘속에도 있고, 저 꽃밭 속에도 있다.

봄날 숲 속에서 태양은 또 한 마리의 호랑이,

여기에선 호랑이를

앉아서 잡고, 누워서 잡고, 하늘에서도 잡겠구나.

그러나 해 기울면 더 이상 잡을 수 없겠구나.

어스름 속에선 호랑이 아니라 추한 하이에나가 나타
날 것 같아

바람 불면 한 마리가 아니고 여러 마리가 나타날 것
같아

개울 물소리만 들려도 오소소 몸 떨려 잡을 수 없겠
구나.

그대여, 호랑이 보듬을 일 있거든 전라도 장흥으로
오라.
더 어둡기 전에
호랑이보다 더 큰 것을 잡고, 호랑이가 아닌 것도
잡아주겠다.
영산홍 쓰다듬으면서 붉은 여우 잡아주겠다.
모닥불 가에서처럼 제암산 영산홍 꽃밭에 앉아
잡은 여우 풀어주고…… 우리 모두 한국산 호랑이
되겠다.
으르렁댈 일 있어도 지혜롭게 발 모으고
익살스런 송곳니 세계를 향해 보여주겠다.

넓고 깊은 거울

거울을 없애라, 내 앞에서
앞만 보이는 거울을 없애라.

뒤가 보이지 않는 거울은 거울이 아니란다.
앞만 보이고 옆이 보이지 않는 거울도.
진짜 거울은 모든 면이 잘 보이게 하는 것.
그러면 아이들아
너희 선생님을 통해 보면 뭐가 보이느냐?
너희 아버지를 통해서 보면?

아니다, 가만히 명상해보니
잘 보이고 안 보이고를
우리들에게 물을 일이 아니구나.

오늘 같은 날에는
저 가을 하늘에게 물어볼 일이구나.
네 자신에게 물을 일이로구나.

가을 하늘에 해금이 있다

산 너머 저 아득한 곳 하얀 두 줄

멧비둘기 날아간 긴 여운으로 문질러

이 세상에 없는 그리운 음악 듣겠네

나를 괴롭히는 메타포

'애리' '애나' 이런 이름들은 자란다. 자라서 가지를 뻗고 잎을 매단다. 가을이 되면 말랑말랑하게 익고 만지면 빨갛게 상기한다. 까마득한 시간 속에서……

그 이름이 남긴 사연은 늘 높은 곳에 매달리는 속성이 있다. 아름다운 것일수록 쳐다보면 고개가 아프고, 장대로 따 간직하려 하면 쉽게 떨어져버린다. 떨어지면 그곳에서 또 번식을 시작하고 계절이 바뀌면 싹을 틔워 꽃을 피운다.

그것은 내 집 마당에 열리는 감이다. 그 밑 우리 속의 번식력 강한 토종 돼지이다. 젖 달라고 자주 보채는 그 새끼들이다. 그때 기둥 곁에서 부시럭거리는 염소다. 담장 위의 고양이다, 쥐다, 벼룩이다. 아! 이런 게 아닌데……

다시 거기를 빠져나오면 그것은 쥐도, 고양이도, 돼지 새끼도 아니다. 절대 그런 곳에 떨어져 추한 모습으로 분열하지 않는다.

그리하여 그 추억은 사슴이다. 빨간 물방울 원피스를 입은 꽃사슴이다. 그 꽃사슴이 따먹는 산수유다.

산수유가 루비처럼 익은 덕유산이다. 덕유산 속의 야생 짐승들이다.

이 모든 메타포를 간직하고 괴롭히는 이름이 내게 있다.

무당벌레의 점과 함께

우리 엄마 분홍 치마폭 속으로

누구 날 좀 다시 업어다 줘요.

엎디어 잠을, 저렇게 고운 잠을……

포장마차는 멍게로 사수하는 거야

겨울밤 깊으니 남대문 시장은
야영지 병영 근처의 홍등가로구나.
환한 골목 따라 상인들
병사들처럼 시끄러운

그런데 자넨 아직도
이런 외진 곳에서
보초처럼 서성이고 있는가?

자, 휘청거리는 걸음 데리고
들어가세 우리
이렇게 춥고 허기진 날은
저 수류탄 까 안주로 놓고
동남아산 휘발유라도 마셔보는 거야.

가끔 전우가도 부르면서
우린 야영 천막 되고
보초를 그림자로 세워보는 거야.

갈참나무숲 노래방으로 오라

　노래방이란 약간 흐트러진 모습을 허용하는 곳이니 어두워야 하고, 소리는 틈으로 새는 속성이 있으니 아름다운 멜로디만 가둘 밀실이 필요하다. 밀실의 멜로디는 답답하니깐 일단 빙글빙글 돌려야 하고 돌리려면 사이키델릭 조명이 필요하다. 이게 설치되면 네모난 공간도 갑자기 활기가 넘친다.

　시인도 노랠 들려주고 따라 부르게 하는 노래방이나 다름없으니 성능이 좋은 고급 음향기기를 가지고 있어야 한다. 들려주는 노래란 활기가 넘쳐야 하고 음의 고저, 템포도 잘 조절되어 있어야 한다. 그러나 기기가 좀 부실하더라도 크게 걱정할 필요는 없다. 좋은 노래란 팔, 다리가 없는 자유로운 형상이니 아무 곳이나 침투해 그곳을 적시고 더듬는다.

　그러나 옛 노래방, 잔바람이 아침 햇살을 돌리는 갈참나무숲 노래방. 이 노래방에는 밀실도 고급 음향기기도 없는데 나뭇가지 사이의 노래가 내 몸 구석구석까지 더듬는다. 더듬다가 웃옷을 벗기고 날 눕힌다. 황홀한 하늘도 보게 한다. 내 잠시 숲과 함께 몸을 부르르 떠는 사이, 어느새 뻐꾸기 마이크가 휘파람새 마이크로 바뀐다. 마치 폭스트롯풍이 발라드풍으로 바뀌듯. 새들 노래방에서는 이슬도 알몸이 되어 뒹군다.

몽대항 폐선

저기 졸고 있는 개펄의 폐선 한 척이
앞에 서 있는 여자 한 명을, 아니
그 옆의 친구들까지를
그립게 했다가 외롭게 했다가 한다.
그렇게 밀고 당기는 속성이
그 폐선 위에도 살고 있는 것인지
갈매기가 몇 마리 뜨니 더욱 그런다.

난 예 풍경을 눈에 꼭 담고 상상한다.
폐선이란
낡아 저무는 모습이 아니라
저물어선 안 될 걸
환기시키는 어떤 힘이라는 것을.
그런 힘이 밀물 썰물처럼
주변을 끌어당겼다 놓았다 할 때
그게 진짜 아름다운 폐선이란 것을.
나도 언젠가는 저처럼
누굴 그립게 끌어당겼다 놓았다 하는

몽대항 폐선이 되리란 꿈을 꾼다.

덕유산 칠연계곡에서

여보게, 친구!
자네가 정말로 나의 소중한 친구라면
자네와 나 사이에
덕유산 칠연계곡 하나쯤은 두어야 하지 않겠는가?
쏜살같이 뛰어내린 물들을 조용한 행동으로 바꾸어
내는
저런 미더운 못 일곱 개를 차례로 두어야 하지 않겠
는가?

이런 못은 세상에 널리 알려지지 않아도 되겠네.
우리 둘 사이에
궂은 날 내가 자네에게 급하게 뛰어내릴지라도
자네는 그때마다 내 못된 성깔을 포근하게 받아 누
그러뜨리고
그 흔적만 바위에 저렇게 둥그렇게 기록해두면 되
겠네.

가끔 찾아온 사람들이 그 영문을 모르고

참 기묘한 계곡의 기묘한 모습이군 하겠지?
그러면 그때 우린 그 사람들 앞에
세상에서 가장 맑고 푸른 옥수를 꺼내면서
그들 가슴을 차갑게 더듬어주세.

그러나 여보게 친구, 우리가 아무리 맑게 꺼낸들
우리의 말을 금강의 흘러가는 물쯤으로 무시해버리는
이런 세상에선 가만히 앉아 기다리고 있을 수만 없
지 않겠는가?
저 싱싱한 참솔 가지를 꺾어 흔들면서 대청호로 쳐
들어가세. 가서,
청남대 앞 해오라기로 날아오르며 하얀 상소문을 하
늘에 띄워보세.

눈

눈이 내린다.
이거 받아라! 하면서
골목의 담장에, 여자들 머플러 위에
받을 수 없는 자 사람이 아니다 아니다 하면서
눈 눈 눈이 내린다.

엄청나게 내린다.
우리 집 녹즙 배달을 거부하면서, 택시 승차를 거절
하면서
눈의 능욕을 이해하지 못하는 자 서울 시민이 아니
다 하면서
서로의 길을 방해하면서 아니, 다투면서
눈 눈 눈이 내리고 있다.

이렇게 다투고 있을 때 싸움을 하자.
이 골목에서 저 아파트 입구까지, 맞아도 기분 좋은
눈싸움을.
하얀 주먹 크게 빚어놓고 토라진 이웃들도 떠올리자.

오늘은 이들에게 송년 인사 띄우기에 가장 좋은 시간,
온통 가슴뿐인 눈사람 만들어 저 우체통 곁에다가
세워도 보자.

이제 눈 눈 눈이 내리지 않는다.
가로수 밑동을 아름답게 잘라가고 나서
내 머릿속을 10년 전까지 점령하고 나서.

여량역에 홀로 서성이니

정선 아리랑 애정편은
여량에 아직도 흐르고 있으리.
땅에 스며 싹이 되고 줄기 되어
꽃을 계속 피우리. 피우다가 이울면
누가 따서 다시 피우리.

그대여, 저기 고개 쳐드는
민박집 담쟁이 넝쿨을 보아라.
이 고을 저 고을 오르내린 사연 있고
그 밑 완두콩 속에
여기 강가에서 여문 우리들 몸이 있구나.

경(景)아, 해오라기야, 저녁 안개야!
저 완두콩 속 그리운 텐트 위로하며
이제 난 동쪽으로 가야 하나, 서쪽으로 가야 하나?

뗏목처럼 도착한 열차는
날 태우지 않고

여량의 옛날만 신고 떠나네.

장재도에선 해안선을 조심하자

알긴 뭐 알아, 네가 해안선에 대해 잘 알고 있단
말야?
해안선이란 어떻게 태어난 거고, 어떻게 존재해야
아름다운지 네 정말 안단 말야?

하면서, 장재도 앞바다가 나를 무시해오고 있다.
무시하다가 이내 깡통처럼 찌그러뜨려오고 있다.
모래사장에다 파도를 세차게 부리면서
심각한 일도 아닌데 심각한 척 몸 뒤채며 사는 나의
삶을
찌그러뜨리다가 더 이상 찌그릴 게 없으면 활짝 펴
버린다, 백지처럼!

바다가 갑자기 백지로 놓이니 난 할 말이 많아진다.
평평하니까 대추나무집 주인 같다, 심플한 게!
한 가지 색으로 파랗게 통일되어 그 집 대문 같다.
이내 그 대문에서 아가씨 한 명이 나오듯 예쁜 배
한 척이 나온다.

나와서 내 앞에 있는 포구로 들어오니깐 조금 복잡
해진다.

그녀가 마치 우리 집으로 쏙 들어오기나 한 듯

해안선도 수런거리며 새롭게 태어난다.

바다와 육지 사이에 있고, 나와 그 아가씨 사이에
있고, 당신과 나 사이에도 있는 해안선

그런 해안선을 잘못 잡아당기거나 거칠게 다루면 얼
마나 위험한 줄 네 안단 말야? 그 속에 숨어 있는 폭
풍과 해일도……?

하면서, 장재도 앞바다가 나를 추궁해오고 있다.

아름다운 주름살

사진첩 속에 서 계신 할아버지,
그 이마 주름살 쳐다볼 때마다
나는 아코디언 주름을 생각해요.

할아버지 웃음 따라 움직이는 아코디언 주름,
그 주름이 내는 소릴 들어보신 적 있나요?
얼마나 넓고 아름다운 음악인지요.
내 어린 눈물 콧물 세발자전거도 다 들어 있어요.
저음일 땐 쌈지에서 꺼내는 용돈이 보이고요,
고음일 땐 분홍 양말 즐겨 신은 내 친구의 집,
빨래를 널고 있는 어머니가 보여요.

친구의 분홍 양말만 나타나면
유독 음량이 풍부했던 그 아코디언 소리.
그 친구 양말과 함께 할아버지도 구멍이 났을까요?
어느 날 친구가 마을을 떠나자
그 맑고 아름답던 소리가 갑자기 들려오지 않았어요.
혹여 그 구멍을 친구 어머니가 낸 건 아닐까요?

할아버지들 고운 주름살을 볼 때마다

난 아코디언을 생각하고, 아코디언 연주자를 생각
하게 돼요.

그리하여 연주자 없는 주름살은

절대 아름다운 주름살이 아니라고 생각해요.

백령도 건배

거대한 쉼표다!

백령항에서
너는 배낭을 벗고 나는 그리움을 벗어라

서로 얼굴을 맞대고 있으면
넌 또 나의 쉼표
더 어둡기 전에
콩돌해안에서 콩돌처럼 둥글게
사곶해안에선 활주로처럼 길게
심청각에선 전어 등처럼 푸르게
쉬어보자 숨을

심청각 인당수 앞에서 쉬는 숨은
나도 모르게 깊어지게 하고
북녘 해안도 가깝게 하는구나
절벽 위 해당화가 예사롭지 않고
그 아래 인당수는 해당화의 보색이로구나

친구여 오늘 밤

붕대 같은 저 두무진항 저녁 안개를

우리의 아린 부위로 당겨보자

그 속에서

넌 한낮의 해당화로 난 이 밤의 가마우지로

절벽 위 아래에다 틀어보자 둥지를

향기로운 이야기를 낳아보자

자, 받아라 38선 없는 이 밤의 쉼표 한 잔!

나는 가끔 장미꽃과 충돌한다

맑은 날 나는 창가의 장미꽃과 충돌했다. 제일 크고 예쁘게 핀 것과 여러 번 충돌했다. 갑자기 부딪히니 아팠다. 눈이 아팠고, 생각이 아팠고, 옛날이 아팠다.

날씨가 너무 맑아 난 장미꽃과 다시 한 번 충돌했다. 난 아픈 부위를 문지르며 그녀에게로 간다. 그녀는 내게 멋진 장소에서 커피를 마시자고 했다. 장미꽃이 날 때렸다고 그녀에게 일렀다. 손톱으로 꼬집고 침으로 찔렀다고…… 그랬더니 험하게 할퀴지 않는 것은 장미꽃이 아니라고, 진짜 장미꽃은 따귀를 때려오는 것이라고, 그래서 집에선 기를 수 없는 게 장미꽃이라고 주장했다. 그 주장이 너무나 공허해 나는 가져온 보리차를 엎질러버렸다. 그녀는 날 때린 장미꽃을 탁자 위에 놔두고 찻집을 나가버렸다.

나는 장미와, 아니 장미가 아닌 것과 충돌했다. 돌아와 그 꽃을 쓰다듬어주었다. 그랬더니 그 꽃이 나를 걱정스런 모습으로 쳐다보았다. 걱정 속에서 난 처음으로 향기로운 명상을 즐길 수 있게 되었다. 아름다운 꿈도 오래도록 꾸게 되었다. 날마다 새로운 장미꽃 친구들도 내 창가를 찾아왔고 나는 더 이상 장미꽃과 충돌하지 않았다.

칠량 저녁 하늘 기러기

저기 저 기러기들에게 옛 친구 없다고 말하는 것

내게 동구 밖 추억 없다고 무시하는 거와 같겠네

갯가 바지락 삶는 집 지붕 위 피어나는 연기처럼

잊혀진 얼굴들 불러와 세찬 눈발을 맞고 있자니

여기 칠량 대밭도 먼 하늘에다 헌 기러기 띄우네

고향 가을 하늘 비행기

맑고 깊은 곳의 저 높은 두 줄이여
그 길 동행의 코스모스 산골길이여
선생님이 띄운 가을 칠판 밑줄이여

내 마음 속 제일 아끼는 이 사연을
내 없는 누이와 함께하고 싶음이여

저 하얀 소를 몰고

저 초라한 집
담장 가에 만개한 벚꽃이 불러 세운 것은
나도, 내 옆 사람도 아닌 바로 내 시(詩)였다.

매번 벚꽃은 피어 다가왔지만
창밖에서만 서성거리다 지나가고
그간 내 시는
벚꽃 말씀 한 번 제대로 듣지 못했구나.

저기 저 제 온몸 활활 태우는 이여,
태워서 나의 보이지 않는 것까지 세우는 이여.

이제 난 오늘이 저물기 전에 짓겠다
저 불길 위에 큰 솥단지 걸고서, 하얀 밥을.
주먹밥 만들어 우물가 목련에게 던져주고,
먼 산골 조팝나무들에게까지 따뜻하게 푸겠다.
그리하여 사람들에게 생각나도록 하겠다.
온몸으로 피는 꽃이 왜 하얀 쌀밥인지를.

4월엔 그 밥을 먹은 다음, 하얀 소를 끌고 나와
왜 깊은 곳까지 경작하여야 아름다운 것인지를.

나도 내일부터 세상으로 하얀 소를 몰고 가려 한다.

백열등을 위로해주세요

몇 병의 소주와 안주가 오가고
그의 앞날과 위로가 오가다가
이내 얼굴이 백열등처럼 달아오르면
그는 꼭 던진다, 그의 회사를
박살을 내야 속이 후련해질 컵처럼……

나는 그의 회사를 정중하게 받아놓고
나의 회사로 바꿔서 그에게 던진다.

그러면 그는 또 어느새 시골로 내려가
그의 학창 시절, 아버지, 어머니……
고향까지 마구 찌그러뜨려서 던진다.
난 잠시 고민하다가
찌그러진 그의 고향을 반듯하게 펴 응수한다.

신통하다
이렇게 치열하게 던져도
절대 서로 충돌하지 않는다.

가끔 포장마차에서 펼치는

그와 나의 투수전

오늘도 새벽 4시가 응원하러 나오고 우린 또

수천 와트의 백열등을 그 허름한 경기장에 매달아

놓고

귀가한다 그는 따뜻한 남쪽으로, 난 싸늘한 북쪽으로.

밤마다 그녀는 기선이 된다

직장에서 돌아온 아내의 깊은 잠 속에는
섣달의 제일 포근한 눈이 내리는지
분주했던 문들이 조용히 닫혀 있다.

화장실에는 그녀의 부주의함,
수도꼭지의 물방울이 떨어지고
식탁 위에는 널려 있는 찬 그릇들.
이렇듯 순수한 시간도
아무렇게나 펼쳐놓고 있다.

고달픈 팔을 꺾고 그녀는 지금
어느 기슭에 잠들어 있을까.
한 겹 이불을 고쳐 잡아보지만
그 나라의 평화를 난 도울 수가 없다.

다시 한 번 이웃 창문이 굳게 닫히고
바람도 차갑게 우는 동안
어디선가 조용한 물결의 뒤척임 소리가 들려오고 있다.

그 물결 따라 그녀에게 뿌리박은 해초가 흔들리고
나에겐 포말 같은 이야기가 쌓여가고 있다.
쌓여서, 험한 파도를 막아내는 제방이 되고 있다.

이제 그녀의 깊은 잠 속에
분분하게 퍼붓던 눈이 그쳐
함께 건너야 할 섬으로
우리의 고달픈 짐을 실어 나르고 있는가
거친 숨을 선박처럼 뿜고 있다.

윈드서핑 하는 저녁 풍경

먼 수평선 위에서

거미 한 마리가

날벌레를 잡아먹고 있다.

그 붉은 현장 주시하던 새 한 마리

급히

그쪽 방향으로 날아간다.

12월 동해

밤 수평선

내 방랑벽을 걱정하는 어느 분이
앞에다가
크리스마스트리 전등을
저렇게 주렁주렁 매달아놓았네.

계미년 동짓달 열하루

이제 나도 그만 돌아가
그분의 손을 생각하며
둥지를 저 전등처럼 품어야겠다.

서정에 주관이 들어설 때

김주연

1

김영남의 시는 신서정(新抒情) 개척의 길 한가운데를 걸어간다. 서정성이 허위로 백안시되고 현실과 동떨어진 복고의 그림자로 폄하되는 분위기에서 그 발길은 외롭다. 서정성의 위기는 대체로 두 방향에서 가해진다. 그 하나는 그것이 그저 정서적·심리적인 반응일 뿐이기 때문에 영혼 아닌 육체 수준의 문화라는 인식이다. 루카치류의 태도가 대체로 여기에 해당된다. 다른 하나는 아도르노 식의 현실 인식과 관계되어 있는데, 이것은 서정시 자체보다 현실의 복합성, 야만성 아래에서 서정만의 현실은 기만이라는 것이다. 그리하여 아도르노는 차라리 모더니즘을 사회비판의 강력한 양식으로 선호한다. 게다가 모더니

즘 자체가 아도르노와 상관없이 서정성을 무력화시켜왔다. 그리하여 서정시는 좌우 어느 쪽의 공격으로부터도 자신을 지키지 못하는 전시대의 낡은 풍경이 되어버린 것이다.

그러나 해방 이후 반세기 서정시가 없었던 것은 아니며, 좋은 서정시가 주목을 받지 못해온 것도 아니다. 예컨대 박재삼과 같은 좋은 시인이 있지 않았던가. 그러나 그 맥이 잘 이어지지 않았던 것도 사실이다. 문충성, 김용택, 안도현 같은 시인들이 자신들의 지방을 거점으로 한 자연 묘사로 그 맥잇기의 범주에 들어 있었다면, 나희덕, 박라연, 박형준 같은 시인들이 윤리적 성찰을 곁들인 서정의 변모를 모색해오지 않았나 싶다. 그러나 전통적 서정성의 자리는 최근의 젊은 시인 문태준에게서 확인되는 정도가 아닐까.

서정에 대한 부정적 비판의 핵심은 역시 주관성의 결여에 있다고 보는 편이 옳을 것이다. 자연에 대한 예찬·존숭이 그 전형적인 보기일 것이며, 자연으로부터의 손쉬운 감동·감염도 이런 측면에서 지적될 수 있다. 요컨대 심리적 반응에 머무름으로써 그 이상의 주관적 노력이 애당초 결핍되었다는 생각은 서정시를 바라보는, 교정되는 않는 시각을 형성한다. 주관을 거느린 서정시, 혹은 주관과 더불어 더욱 풍성해지는 서정시가 있다면? 김영남의 신서정이 괄목할 만한 주의를 끄는 이유도 여기에 있다.

달, 저 달을
싸리울에 묶어본다.
허름한 말뚝에 매어본다.

그러면 달은 짖는다.
짖어 푸른 밤이 된다.

나는
푸른 밤 속으로 들어간다.
들어가 묶어둔 달을 풀어준다.

［……］

이내 나는 허우적거릴 것 같아
허우적거리다가 지붕과 함께 잠겨버릴 것 같아
익사 직전의 구조 요청을 누군가에게 하게 되고

달, 저 달은 날 가둔다. 바다 한가운데 가두고
고백하라, 반성하라 고문을 해온다.
— 「가을밤이 되면」 부분

대상과 주관 혹은 자아가 이처럼 치열하게 대결하는 서
정시가 있을까. 김영남의 서정시에 내가 매료되는 이유가 바로 이것이다. 아름다운 자연에 흠뻑 빠져버리되 자신을 놓쳐버리기까지 하는 이른바 망아(忘我)의 방법 아닌, 대결의 방법 위에서 시인은 서정적 흥분을 느낀다. 우리도 그 흥분에 동참한다. 자, 다시 읽어보자.

보통은 싸리울에 걸려 있다, 고 표현되기 일쑤인 달이 이 시에서는 시인에 의해 묶인 것으로 묘사된다. 발상의 전복인데, 거기에는 자연을 세계의 총체성으로 파악하고 자신을 내어놓는 주관의 포기가 없다. 그 반대다. 시인은 달의 모습에서 받는 감동을 시 안에서 스스로 분석한다. 싸리울에다가 묶어도 보고, 말뚝에 매어보기도 한다. 사태의 주인인 달은 오히려 못 참겠다고 "짖는다." 주객이 뒤바뀌는 절묘한 표현에 의해 달밤의 절경은 절정에 이른다. 그 흔한 달밤 묘사가 이렇듯 유례를 찾을 수 없는 빛을 발하는 까닭은 시인의 주관을 구성하고 있는 상상력 덕분이다. 푸른 달밤은 달이 짖은 결과로 묘사되는데, 이 역시 달을 자신이 포박하고 있는 대상으로 객체화한 시인의 상상력으로 인해 가능한 것이다.

하늘의 달은 땅을 비추고 삽살개 한 마리 그 땅 위를 기어간다. 시인은 이번엔 달 대신 개를 묶어본다. 그리하여,

달은 어느새 동산 위로 올라가고
개는 기둥 주위를 맴돌며 밥그릇의 달빛을 핥는다
마치 동료처럼.

달과 개가 동료가 되어 있다는 것이다. 이 장면은 내게
물고기와 어린이가 함께 어울린 이중섭의 그림을 보는 느
낌을 준다. 이 시의 끝부분은 마침내 달이 시인을 가두는
또 한 번의 역전으로 이루어진다. 달이 시인을 바다 한가
운데 가두고 반성할 것을 요구한다는 것이다. 바다 한가
운데 뜬 달을 바라보는 시인의 마음이 명상과 성찰로 이어
지는 상황이 이번에는 달이 주체가 되어 서술한 것이다.
「가을밤이 되면」이라는 제목답지 않게 이처럼 이 시에는
주/객의 철저한 대립적 묘사를 통한 자연과 인간의 교류
가 박진감 있게 그려진다. 이 같은 방법에 의해 놀라운 성
취를 이루고 있는 작품들로는 「예쁜 가슴이 장독대에 숨
어 있다」「박, 그 잠든 풍경에 동참하고 싶다」「백열등을
위로해주세요」「상강 무렵」 등등을 내놓을 수 있겠는데,
이들에게서는 주/객의 대등한 교통이 긴장감 있는 호흡을
서로 바꾸고 있다. 예컨대 기러기가 날아가고 있는 가을
하늘의 쓸쓸함은 이렇게 받아들여진다.

기러기 지나가려 하니
쓸쓸하지 가을 하늘아?

난 예 논두렁에서
너처럼 저물 순 없겠다.

순이 고무신 속 들국화를 보겠구나.

꽃 주위 붕붕거리는 멍청이 꿀벌과

저 방죽 위 억새꽃으로

난 어딜 좀 다녀와야겠다

「상강 무렵」 전문인데, 가을에서 겨울로 가는 계절의
길목 그 스산함이 이처럼 간명한 패러독스에 의해 절제된
표현을 얻기란 적어도 우리 서정시에서는 생각되기 힘든
일이다. 이 시는 두 가지의 메시지를 함축하고 있는데, 그
하나는 가을의 쓸쓸함이며 다른 하나는 가을의 아름다움
이다. 가을이 지닌 두 얼굴이 시인 주관의 단호한 개입
("난 예 논두렁에서/너처럼 저물 순 없겠다")에 의해 양쪽
으로 갈라지면서 드러난다. 순이 고무신 속 들국화, 멍청
이 꿀벌, 방죽 위 억새꽃 등이 아름다움 쪽의 얼굴일 터인
데, 쓸쓸함이라는 한쪽 얼굴을 보여주면서도 "난 어딜 좀
다녀와야겠다"는 직접적인 주관의 등장으로 그것이 곧 극
복되는 장면 전환은 시 기법상으로도 깊이 음미될 만한 대
목이다. 앞에서 다소 길게 말했듯이 서정시에서도 주관의
개입은 반성적 기능을 충분히 행하면서 심리의 평형을 오
히려 뒷받침해줄 수도 있는 것이다.
  이러한 주관 작용은 김영남의 서정시에 때로 서사성을

가미시켜 설화적 풍경을 조성하기도 한다.

달과 지붕이
서로
바라만 보다가

어느 날
그걸 안쓰럽게 여긴
한 할머니 중매로 널 낳았단다

이렇게 시작되는 「박, 그 잠든 풍경에 동참하고 싶다」
는 박의 출생 유래를 유쾌한 성적 상상력의 도움 아래 설
화적으로 풀어간다. 그렇게 생겨난 박을 돌보느라고 나팔
꽃 사다리도 놓았다는 이야기는 서사성의 참여이며, 아빠
의 얼굴을 만지면서 나도 너처럼 잠들고 싶다는 끝부분은
이러한 요소들의 만남이 운문 동화로 발전할 가능성도 없
지 않음을 보여준다.

2

실제로 김영남의 적잖은 시들은 동화나 동시적 색채로
아름답게 출렁이는 경우들로 자연스럽게 연결된다.

애들아 들어보렴, 저 소리를.

난 너희들에게 개울을 선사하겠다.

살얼음 낀 저 물소리를.

〔……〕

네 건너뛰는 모습으로

난 더 맑은 목소리의 개울이 되겠구나.

──「징검다리의 노래」 부분

느티나무 집

부엌 아궁이에 불 지피던 아낙이

우는 아이 달래러 방에 들어갔군요.

〔……〕

예쁜 개울 토닥이다가 아낙도

함께 잠들었군요.　　　──「개울가 눈 오는 풍경」 부분

우리 엄마 분홍 치마폭 속으로

누구 날 좀 다시 업어다 줘요.

엎디어 잠을, 저렇게 고운 잠을……

—「무당벌레의 점과 함께」 전문

    동화나 동시 등 이른바 어린이를 껴안는 문학 양식의 특
징은 그 예기치 못한 상상력의 창의성에 있다. 그러나 우
리의 경우, 동화나 동시는 대상에 지나치게 밀착해서 그
것들을 노래하는 일에 머물러왔다. 혹시 상상력이 발휘될
때에도 그것들은 선의 실천, 아이들의 도리라는 현실적
공리성과 맺어졌다. 최근에 와서 판타지 및 판타지 예술
에 대한 관심이 급증하면서 그 현실은 유동적인 변화 가운
데 있으나 서정성의 지평 안에서의 상상력은 좀처럼 발견
되지 않고 있다. 김영남의 대두는 그 막막한 지평선을 바
라보고 있는 나의 눈을 번쩍 뜨이게 한다. 아니, 저게 뭐
야? 하는 경이로 나를 밀어 넣으며 보여주는, 말하자면
'서정적 상상력'의 현장들. 그 동화적인 그림들의 배후에
서도 우리는 강한 주관을 읽게 된다. 「징검다리의 노래」
에서 개울의 아름다움, 그 맑은 물소리는 더 이상 객관적
으로 묘사되지 않는다. "난 너희들에게 개울을 선사하겠
다"는 강력한 선언으로 그것은 수행된다. 그러나 기이하
게도 강함의 분위기는 느껴지지 않지 않는가. 그 까닭은
주관의 장황스러운 강요 아닌, 대상을 존중하며 그 대상
의 아름다움과 힘 덕분에 주관이 가능할 수 있다는 일종의

시적 파트너십에 있을 것이다. 보라, "네 건너뛰는 모습"으로 말미암아 시인은 '개울이 된다'는 고백이 나오지 않는가.

「개울가 눈 오는 풍경」에서 아낙은 우는 아이 달래려고 방에 들어갔는데, 상황은 어느덧 예쁜 개울을 토닥이는 모습으로 발전한다. 그 아낙은 아이와 더불어 잠든다. 그러나 이러한 동화(同化)는 대상으로의 몰입이나 맹목적인 추종 아닌, 주관의 적절한 조정에 의해 성립되는 건강한 긴장 위에서 맑은 풍경을 제공한다. 아낙이 아이와 함께 잠든 것은 졸다가 빠진 자연스러운 잠이 아니라 개울을 토닥이다가 잠든 적극적인 주관 행위의 결과이다. 잠은 그러므로 개울과 시인의 파트너십이 이루어낸 평화의 시간이다. 평화는 언제나 동화적 상상력이 가져오는 오르가슴의 공간으로서, 그것은 주/객 양자의 대결, 긴장, 폭발을 통한 화해의 전 과정으로 구성된다. 김영남 시가 감동스러운 것은 이러한 힘과 매력의 뒷받침 때문인데, 동화적 분위기는 여기서 획득된다. 오르가슴이라는 어른들의 놀이를 통해 우리는 얼마나 자주 어린이 같은 화평을 얻는가. 이런 의미에서 이 평화를 체험하지 못하는 모든 시들은 그 순수, 그 절정에 모두 실패하고 있다고 할 수 있다. 나는 그런 의미에서 동화나 동시의 참다운 화평의 요소가 숨어 있는 시들이 가장 좋은 의미의 시라고 생각한다.

단 세 줄로 되어 있는 「무당벌레의 점과 함께」도 이런 관점에서 볼 때, 짧지만 역작이다. 얼핏 보면 엄마 치마폭 속으로 들어가고 싶다는, 주관의 포기이자 그야말로 어린 동심의 세계로 가볍게 지나갈 수 있다. 그러나 그 엎디어 있는 듯한 주관은 "고운 잠"을 지향하는 강렬한 욕망의 부드러운 표현일 뿐이다. 고운 잠이야말로 순수와 절정이 통일을 이룬 평화 그 자체가 아니랴. 그 평화 안에서는 어른도 없고 어린이도 없다. 동시와 시의 구별도 물론 없다.

김영남의 시는 맑고 호방하다. 자신의 세계를 폐쇄적으로 잠가두지 않고 열린 마음으로 사람들의 동의를 늘 구한다. 아예 상대방과 더불어 대화를 나누는 것 같은 모습을 취하기도 한다. 이런 어법은 때로 작품의 완성감 대신 진행감에 머무는 아쉬움을 주기도 하지만, 그 때문에 오히려 싱싱한 현장성으로 연결되기도 한다.

알긴 뭐 알아, 네가 해안선에 대해 잘 알고 있단 말야?
해안선이란 어떻게 태어난 거고, 어떻게 존재해야 아름다운지 네 정말 안단 말야?
———「장재도에선 해안선을 조심하자」 부분

친구여 오늘 밤
붕대 같은 저 두무진항 저녁 안개를
우리의 아린 부위로 당겨보자
그 속에서

넌 한낮의 해당화로 난 이 밤의 가마우지로
절벽 위 아래에다 틀어보자 둥지를
향기로운 이야기를 낳아보자

자, 받아라 38선 없는 이 밤의 쉼표 한 잔!
——「백령도 건배」 부분

둥글다는 건 슬픈 거야. 슬퍼서 둥글어지기도 하지만 저
보름달을 한번 품어보아라. 품고서 가을 한가운데 서봐라.
——「푸른 밤의 여로」 부분

김영남이 즐겨 노래하는 사물이 달이라는 사실도 흥미
롭다. 달은 둥근데, 둥근 것은 모든 것을 껴안는다. 모든
것을 껴안는 자는 위대하지만, 그것을 바라보는 자의 마
음은 슬프다. 더욱이 그것이 보름달일 때, 위대함도 슬픔
도 배가된다. 최대로 열릴 때 최대로 터진다. 순수와 절정
이라는 김영남 시의 공간은 이렇듯 타자를 향해서 열리며
자기를 내어줄 때 더욱 장관을 이룬다. 그것은 주관의 헌
신을 통한 객관의 유인이며 호방성 속에 숨겨진 겸손이다.
해안선의 굴곡을 가리키면서 보름달을 품어보라는 외침이
시끄럽지 않고 서늘한 것은 세상과 인생의 굴곡이 모든 요
철이며, 필경 둥근 원으로 다시 편성되어야 할 것을 그가
알기 때문이다.

김영남 시의 서사성에 대해 잠깐 다시 언급해야겠다. 그의 작품들 가운데에는 「'아줌마'라는 말은」 「말뚝 위의 거대한 망치」 「눈이 내리면 총체적으로 불행하다」 「나의 실존주의가 없다」 등 서사적 냄새가 가득한 시들이 많고, 짧은 시에서도 이야기적 요소가 들락거리는 일이 꽤 있다. 시에서 그 요소들은 대개 i)잘 알려진 전설이나 민담 ii)자신의 가족이나 주변 iii)자기 자신에 관한 것 등으로 분류될 수 있는데 그중 iii)의 경우 자칫하면 넋두리로 전락할 위험이 있다. 김영남 시의 이야기성은 바로 이 iii)에 근접한 경우가 많은데, 절묘하게도 그 함정과 무관하게 오히려 참신한 처리와 만나고 있다. 「나의 실존주의가 없다」에서의 장면들.

'아버지'란 이름으로 나는 밀린 잠을 못 자고 일찍 일어나야 한다. 앞집 마로니에 잎의 아침을 좁은 식탁에 초대해 놓고 쌀을 씻어야 한다. 밖으로 나가 토끼집의 안부를 묻고 들어오면서 현관의 신발들을 가지런히 통솔해야 한다. 그러곤 아내의 출근을 돕는다.

〔……〕

그러나 매일매일 상도동 7-41번지 대문을 여는 순간! 우리 집에는 아버지만 있고, 어머니가 없다. 가사를 대충 돌보는 푸줏간 뚱뚱보 아줌마만 있고, 아이들 어머니가 없다.
세상 걱정 없이 잠을 즐기는 '김' 회장 사모님만 있고, 나의
여자가 없다. 아! 꿈꾸는 나의 집이 없다. 나의 파랑새도
나의 실존주의도 죄다 날아가고 없다.

중간 부분이 생략 인용된, 상당히 긴 시인데 그럼에도
불구하고 지루하지 않을 뿐더러 박진감, 생동감이 있다.
보기에 따라서는 시인 자신의 넋두리일 수 있는데 궁상맞
지 않다. 자신의 여자가 없다는 신세타령 아닌가. 「'아줌
마' 라는 말은」이라는 작품도 그렇지만 이들 시에는 확실
한 주관이 살아 움직이면서 시인 자신을 오히려 객관화하
는 냉혹함이 병존한다. 시를 포함한 모든 예술이 냉혹을
먹고 자라는 열매라면 김영남의 서사성은 그 덕에 구질구
질한 구태와 애당초 무관한 것이다. 그는 자신의 상황을
"나의 실존주의"라고 엄혹하게 이름 부르고 있지 않은가.
결국 성공한 모든 시들이 그렇듯이 그의 시는 자신을 완전
히 열어놓는 주관의 개방 속에서 대상을 받아들이고 둘이
함께 노니는 절정과 화평의 놀이터이다. 정직과 냉혹으로
인내하면서 획득된 그 자리에 나는 '신서정'이라는 이름을
붙인다.

옷을 벗었다, 하늘이

완전 누드다

와! 황홀하다

가을에는

하늘도

저렇게 가끔

호수에서

옷을 벗고, 입는다
　　—「가을 호수는 무엇이든지 보면 유혹한다」 전문

　둥근 통일의 표상으로 그의 시가 즐겨 들어가곤 하는 가
을. 하늘도 옷을 벗는 그 가을과 더불어 김영남의 시는 깊
게 깊게 더욱 익어갈 것이 분명하다. 그에게 가을은 심리
의 심연이며 삶의 에토스다. ▨